COUP D'ŒIL

SUR LA

LITTÉRATURE GÉOGRAPHIQUE ARABE

AU MOYEN AGE

PAR

L.-Marcel DEVIC

PARIS
MAISONNEUVE ET Cie, LIBRAIRES-ÉDITEURS
25, Quai Voltaire, 25

1882.

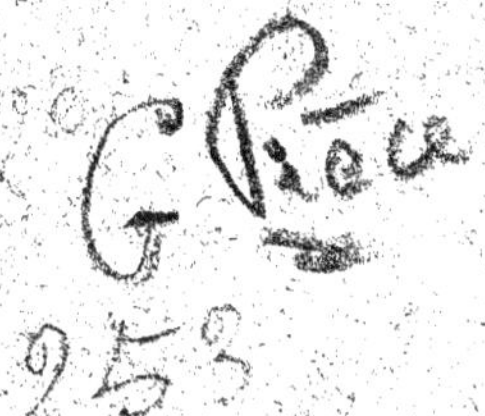

COUP D'ŒIL

SUR LA

LITTÉRATURE GÉOGRAPHIQUE ARABE

AU MOYEN AGE

COUP D'ŒIL

SUR LA

LITTÉRATURE GÉOGRAPHIQUE ARABE
AU MOYEN AGE

Sans vouloir refaire ici l'histoire de la science géographique chez les Arabes, nous nous proposons seulement d'énumérer dans l'ordre chronologique et de faire connaître sommairement ceux de leurs ouvrages relatifs à cet ordre d'études qui sont venus jusqu'à nous. Beaucoup restent encore inédits, inutiles ainsi à la plupart des travailleurs. Mais un grand nombre, et l'on peut dire les meilleurs, sont aujourd'hui imprimés, et l'on peut même espérer que bientôt il ne restera pas un seul texte important qu'une traduction ne mette à la portée de ceux qui ne lisent point l'arabe.

§ 1er. — IXe SIÈCLE.

L'*Almageste* ou Traité d'astronomie et la *Géographie* de Ptolémée avaient été traduits en arabe vers la fin du VIIIe siècle. Ces deux livres, l'ouvrage de Marin de Tyr (qui ne nous est point parvenu) et aussi, dit-on, des Traités d'origine hindoue, telles furent les bases des connaissances scientifiques des Musulmans en géographie. Sous le califat d'Al-Mamoun (813-833), on vit se former une école de savants qui s'appliquèrent avec succès à ces études, et qui écrivirent des Traités, dressèrent des Tables, reproduisirent et essayèrent d'améliorer les Catalogues astronomiques.

Ces travaux ne touchent qu'indirectement à notre sujet, et nous les passons sous silence.

Pour la géographie proprement dite, c'est-à-dire pour ce qui concerne la description des terres et des mers, les royaumes, les villes et les peuples, nous ne possédons rien d'antérieur à la *Relation de Soléiman*, dont la rédaction date de l'année 237 de l'Hégire (851 de notre ère). C'est une description des mers traversées par les navires qui se rendaient du golfe Persique dans l'Inde et à la Chine. Soléiman n'est point un géographe de profession. Il est marchand, et parle surtout des côtes, des îles et des ports où son commerce l'a conduit. Les détails relatifs à l'Inde et à la Chine, à leurs villes, aux habitants, aux produits, aux objets de commerce, sont donnés avec une abondance et une sincérité remarquables. Comme pour Hérodata et Marco Polo, les voyageurs modernes ont généralement confirmé l'exactitude de ses récits.

Le texte de ce précieux document, que Renaudot avait fait connaître au siècle dernier, a été publié en 1845 avec une traduction française, par Reinaud. Plusieurs savants, parmi lesquels on nommera M. Alfred Maury et M. d'Avezac, ont porté leur attention sur ce nouveau Périple de la mer Érythrée, et en ont fait ressortir le très vif intérêt pour l'étude du mouvement commercial des Arabes aux IIIe siècle de l'Hégire.

De la même époque, on peut citer une autre relation dont l'original paraît à jamais perdu, mais dont des cosmographes postérieurs, tels que Ibn-Khordadbeh, Édrici et Cazouini, nous ont transmis les parties essentielles. C'est celle de Sallam dit le *Truchement* (*Al-Terdjeman*), qui nous promène dans des régions où la prédication musulmane n'avait pas encore pénétré. Ce voyageur, qui devait son surnom à la facilité avec laquelle il parlait plusieurs langues, avait reçu mission du calife Ouathek (842-846) d'aller rechercher et examiner la fameuse muraille construite, disait-on, par Iskender (Alexandre le Grand) sur les frontières de Gog et Magog.

Il n'est pas vraisemblable que le seul désir de se renseigner sur ce mur et sur ces nations légendaires poussât le chef des croyants à organiser une telle expédition. L'islamisme, avec sa puissance d'expansion, débordait incessamment sur toute la périphérie déjà conquise aux lois du Prophète, et Sallam n'était qu'un éclaireur des armées musulmanes vers des contrées encore à peu près inconnues.

Traversant l'Arménie et la Géorgie, il franchit le Caucase, pénétra chez les Khazars établis le long du Volga et de la mer Caspienne, contourna cette mer, visitant des contrées où les explorateurs européens n'ont pénétré que de longs siècles après lui. Enfin, à travers la Boukharie et le Khoraçan, il regagna les bords de l'Euphrate et Sarramenra d'où il était parti.

Quel curieux itinéraire, si l'auteur ou ceux à qui nous devons les détails de sa relation ne mêlaient au récit de faits assurément exacts, les fables les plus bizarres, les plus extravagantes [1] !

Le voyage de Sallam fut accompli vers le milieu du IXe siècle. Les prodigieuses conquêtes de l'Islam donnaient dès-lors aux musulmans, doués de l'esprit d'aventures, toutes facilités à parcourir une zone immense. Des bords de l'Atlantique à l'océan Indien, de l'Inde à la Chine, le sectateur de Mahomet pouvait librement circuler, assuré de trouver partout des coreligionnaires pour le secourir et le protéger. Les historiens du temps lui apprenaient les incursions rapides, victorieusement accomplies à travers les empires africains ou asiatiques, presque aussitôt soumis à la loi du Prophète. Beladhori, par exemple, dans son *Kitâb Foutouh el-Bouldân* (les Conquêtes des pays)

[1] Dans une pêche sur la mer Caspienne, Sallam vit retirer des flots « un poisson énorme dans le ventre duquel s'en trouva un second encore vivant, lequel avait exactement la figure d'une fille nue jusqu'à la ceinture, et le reste du corps voilé par un caleçon de peau. Cette sirène témoignait un profond chagrin, poussait de grands soupirs, s'arrachait les cheveux ou se cachait le visage avec les mains. Elle ne vécut pas longtemps. »

La présence du phoque dans la Caspienne, ainsi constatée par Sallam, a été tantôt affirmée tantôt révoquée en doute par les naturalistes modernes.

exaltait son enthousiasme en lui montrant l'islamisme triomphant par étapes pressées en Syrie, à Chypre, dans l'Irac, l'Arménie, l'Égypte, l'Ifriqiya, le Maghreb, l'Espagne, et, dans la direction opposée, en Perse et au-delà de l'Indus. Malgré son caractère historique spécial, ce livre, heureusement conservé, compte parmi ceux que la géographie du moyen âge ne doit point négliger. Beladhori était un homme fort instruit, à qui ses fonctions d'imam à Bagdad et sa charge de précepteur d'un prince de la famille régnante donnaient des moyens d'acquérir des notions exactes sur les choses de son temps.

Mais pour ce qui regarde la géographie de l'empire des califes, nul écrivain au IXe siècle ne fut en meilleure situation d'être bien renseigné que l'auteur du livre dont nous allons parler. Le *Kitâb al-Meçâlik oua'l-Memâlik* d'Ibn Khordadbeh est un des documents de cette époque les plus dignes d'attention. Ibn Khordadbeh, Persan d'origine, fut directeur des Postes sous le calife Moutamid, et c'est sans doute la nature de ses hautes fonctions qui le poussa à écrire un ouvrage, fort étranger, semble-t-il, à ses tendances littéraires accoutumées ; car, d'après les titres de ses productions, tels qu'on les trouve dans le *Fihrist* et dans le grand Dictionnaire de Hadji-Khalfa, *la Beauté des concerts*, *l'Art du cuisinier*, *le Livre des jeux et divertissements*, *le Livre du vin*, *le Manuel des convives*, notre auteur aimait mieux les joies de la table, les satisfactions matérielles des épicuriens de son temps, que les sévérités de la science géographique. Cependant Ibn Khordadbeh, au sein de sa vie facile de grand seigneur, ne dédaignait point de s'appliquer aux études sérieuses, puisque parmi ses œuvres on nous cite encore un *Livre des Anoua*, c'est-à-dire un calendrier, et un *Recueil des généalogies de la Perse et des tribus nomades*.

De tous ces livres, nous ne connaissons que les titres. Mais le *Livre des routes et des provinces*, conservé dans un manuscrit de la Bodléienne, a été mis entre les mains des arabisants et des géographes par M. Barbier de Meynard, en 1865; service inappréciable et que pouvait seul rendre un savant laborieux, également versé dans la science spéciale dont traite l'ouvrage, et dans la parfaite connaissance de la langue.

Il semble démontré que nous ne possédons pas l'œuvre dans son intégrité primitive. L'éditeur et traducteur donne d'excellentes raisons de penser qu'on a seulement l'abrégé d'un livre plus étendu, plus riche en détails, plus digne, sous le rapport littéraire, d'un auteur qui devait se piquer d'élégance et se plaire à répandre quelque agrément dans ses écrits. Tel qu'il est cependant, on y trouve un vrai trésor de renseignements précis sur une région relativement très étendue. C'est ainsi par exemple que pour le *Sawad*, ou territoire cultivé de la Mésopotamie, nous avons là comme un cadastre à grandes lignes de ce que les rois de Perse avaient surnommé le cœur de l'Iraq, *dil Iranchehr*, spécifiant les douze districts du Tigre et de l'Euphrate, énumérant leurs subdivisions en soixante cantons, comptant pour chacun d'eux les bourgades, les fermes, la production en blé et en orge, le produit des impôts. Il y a là un chapitre très intéressant pour l'étude des finances de l'empire musulman au IIIe siècle de l'Hégire.

De nombreux itinéraires constituent la partie capitale du livre. L'auteur en avait pu puiser les matériaux aux meilleures sources ; ses fonctions lui permettaient, non-seulement de recueillir lui-même et par ses agents tous les renseignements nécessaires, mais aussi de puiser dans les archives de Badgad, où se concentraient depuis longtemps déjà tous les instruments d'administration de l'empire.

L'ouvrage d'Ibn Khordadbeh contient un passage curieux, souvent cité, qui montre par quelles voies terrestres et maritimes, par quels intermédiaires s'effectuait à son époque le mouvement commercial, toujours fort actif entre l'Europe, l'Asie occidentale, l'Inde et l'extrême Orient. On y voit noté ce fait remarquable de marchands espagnols ou *francs*, gagnant Tanger, suivant le littoral africain, traversant l'Égypte, la Syrie, la Mésopotamie, la Perse, franchissant l'Indus et portant leurs marchandises jusque dans l'Inde et dans la Chine. Que n'avons-nous le carnet de voyage de quelqu'un de ces intrépides commerçants occidentaux du temps de Charlemagne!

Le livre d'Ibn Khordadbeh manque un peu d'ordre et de méthode. Nous ne songerons jamais à comparer des œuvres de ce genre à nos travaux modernes, où la clarté passe toujours, du moins en France, pour la première et la plus indispensable des qualités. Mais ce défaut de plan, ordinaire aux écrivains orientaux, n'empêchera pas d'apprécier l'utilité de ces tracés de routes énumérant successivement les villes, bourgs et stations, avec les distances qui les séparent, précieux secours pour dresser la carte d'un lambeau considérable de l'Asie sous les califes.

Les itinéraires des régions septentrionales et de la Chine n'offrent naturellement ni la même abondance d'indications ni surtout la même exactitude. Il ne faut pas non plus être trop exigeants en ce qui concerne l'empire byzantin. Quant à notre Occident européen, il n'en est point question, sauf une description de Rome qu'on ne saurait donner comme modèle. Pour tous les pays avec lesquels on n'entretenait pas de relations officielles, l'auteur se contente de quelques *on-dit*, et ne saurait mieux faire.

Nous avons parlé d'un chapitre du *Livre des Routes* extrêmement intéressant pour l'histoire des finances de l'empire des califes. Celui qui portera son attention sur ce point ne manquera pas de consulter, comme terme de comparaison, un autre ouvrage, postérieur de quelques années, écrit par Abou'l-Faradj Qodama, chrétien musulmanisé, sous le titre de *Kitâb-al-Kharâdj* (le Livre de l'impôt). Comme Ibn Khordadbeh, Qodama occupa une haute position dans les fonctions administratives. On lui attribue un grand nombre d'ouvrages, parmi lesquels un « Livre des Pays ». Mais le seul que nous soit parvenu ne se rattache qu'indirectement aux études géographiques, et si nous le mentionnons ici, c'est que certaines parties énumérant des districts et des cantons pour compter leurs impôts, peuvent offrir un utile secours pour la toponymie de l'Iraq, de la Perse, du Khoraçan, de l'Égypte, etc.

La fin du IXe siècle nous présente encore un autre « Livre des Pays » dont le sort a été plus heureux que celui de l'ouvrage de même nom attribué à Qodama. L'auteur, Ahmed-ben-Abi-Yaqoub, généralement nommé Yaqoubi, avait un peu couru le monde ; sans avoir droit à figurer parmi les grands voyageurs, comme ceux que nous citerons aux siècles suivants, du moins il avait vu de ses yeux une partie des provinces musulmanes et recueilli sur place des notions de topographie et de statistique. Avant de mettre au jour son Traité de géographie, il avait abordé le domaine de l'histoire. Mais nous n'avons pas ici à apprécier l'historien.

Le *Kitâb al-Bouldân* n'est point une œuvre de haute science. L'auteur ne vise ni à l'exacte précision des détails ni à l'exposition complète des connaissances géographiques. Il a voulu seulement, dit-il lui-même, faire connaître ce que tout homme instruit doit savoir, ce qu'il serait honteux d'ignorer. Le plan de son livre est très simple. Il considère en quelque sorte l'univers comme rayonnant autour de la capitale des califes, Bagdad, et de leur nouvelle résidence Samarra, desquelles il donne d'abord une ample description, et cette double description, qui embrasse les rues importantes, les marchés, l'enceinte, les portes, peut être regardée comme la partie la plus intéressante pour nous de tout son travail. Le monde habité est partagé en quatre régions par quatre rayons partant de ces villes et dirigées approximativement vers les quatre points cardinaux. Yaqoubi dit quelques mots de chaque province, de leur capitale, des principales villes. Plusieurs grandes lacunes dans l'unique manuscrit connu nous privent de ce qui regarde l'Inde, la Chine, l'empire grec, etc. Du reste, pour les contrées situées en dehors de l'action musulmane, il est douteux que l'auteur fût bien exactement renseigné ; il est permis d'éprouver quelque méfiance à ce sujet lorsqu'on le voit, suivant une croyance qui a eu cours assez longtemps, admettre l'identité d'origine du Nil d'Égypte et du Mihran ou Indus.

Ni Ibn Khordadbeh, ni Yaqoubi ne prétend au titre de

géographe mathématicien. Il ne faut point chercher dans leurs écrits des indications de longitudes et de latitudes, mais on y trouve notées avec un certain soin les distances entre les villes qu'ils énumèrent. Leurs indications combinées permettraient, ce semble, de tracer assez exactement la carte des régions asiatiques les mieux connues de l'un et de l'autre.

§ 2. — Xe SIÈCLE.

Nous voici à ce xe siècle, si riche en voyageurs et en géographes. Si nous écrivions une histoire complète de la littérature géographique des Arabes, nous devrions citer d'abord le nom longtemps célèbre de Djaïhâni le Khoraçanite, qui, tout en remplissant les fonctions de visir sous plusieurs princes samanides, s'adonna avec passion à ce genre d'études. Mais, quelle que pût être l'excellence de son *Livre des Voies*, cela importe peu à notre sujet, puisqu'il n'en reste rien, non plus que de l'abrégé qu'en avait fait un certain Ahmed-Ibn-al-Faqih, sauf quelques citations chez les géographes postérieurs.

Un nom plus illustre encore, et dont la célébrité ne s'est jamais démentie, est celui de Maçoudi, le voyageur, l'historien, le géographe, le penseur, qui remplit toute la première moitié du ive siècle de l'Hégire. Parmi tant d'autres écrivains qui ne sont arabes que de nom et de langage, Maçoudi se pique de compter au nombre de ses aïeux un Mekkois, Maçoud, contemporain du Prophète. Sans doute il tenait de ce sang de nomade l'humeur voyageuse qui l'a promené d'un bout du monde à l'autre. Nous ne possédons pas, tant s'en faut, l'ensemble des travaux de ce grand pèlerin de la science. Un seul ouvrage nous reste, mais assez étendu, assez riche en renseignements de toute sorte, pour que personne parmi ceux qui voudront le parcourir au point de vue de l'histoire, de la géographie, de la simple curiosité, ne coure risque d'avoir perdu son temps. La publication des *Prairies d'Or* (*Moroudj ad-dhahab*), avec une traduction exacte et fidèle, est un des services déjà si nombreux rendus aux lettres orientales par M. Barbier de Meynard et par M. Pavet de Courteille.

Né à Bagdad vers la fin du IXe siècle, Maçoudi visita successivement presque toutes les régions du monde musulman : au Nord, l'Arménie, les rivages de la mer Caspienne, la Transoxiane ; à l'Orient et au Sud, la Perse, l'Inde, Ceylan (peut-être les îles Malaises et la Chine), l'Oman, l'Arabie méridionale, la côte orientale d'Afrique ; à l'Occident, l'empire grec, la Syrie, l'Égypte et l'Espagne.

Imaginez un jeune homme instruit, à l'esprit à la fois ardent et réfléchi, curieux, attentif, avide de connaître le présent et le passé de chaque pays qu'il traverse. Suivez sur la carte le prodigieux itinéraire de ses pérégrinations durant un quart de siècle, et jugez quel ample recueil de matériaux en tout genre ce voyageur infatigable a dû faire dans ses courses à travers des pays dont beaucoup n'avaient jamais été vus par un homme en état de les décrire.

Ce sont ces matériaux que l'auteur a mis en œuvre dans ses *Prairies d'Or*, livre considérable par la masse des faits qu'il embrasse, plus encore que par son étendue. C'est une œuvre de l'âge mûr (publiée en 943), d'un style grave et sévère, non sans recherche pourtant ; l'auteur ne veut pas qu'on ignore ses goûts de lettré ; il cite volontiers des fragments de poésie, et lui-même, s'il ne fait point de vers, se laisse aller parfois à écrire dans cette prose rhythmée qui plait tant aux Arabes, et dont le Coran est le premier modèle. Logicien, raisonneur, métaphysicien à l'occasion, il a des pages que ne désavoueraient pas certains de nos philosophes scholastiques, presque ses contemporains ; quelquefois difficile à entendre, peut-être par la faute des copistes, peut-être aussi parce qu'il s'abrège lui-même, et que les *Prairies d'Or*, de son aveu, reproduisent la quintessence de deux ouvrages plus considérables qu'il avait écrits antérieurement.

Ce *compendium*, d'ailleurs fort ample, des connaissances acquises par notre voyageur, de ses opinions et de ses rêveries, est surtout un livre d'histoire universelle, où naturellement l'Islam a de beaucoup la plus forte part. Mais la géographie y tient aussi une place assez importante pour motiver les lignes que nous lui consacrons. Ses chapitres sur les mers et les fleuves, sur les tribus arabes, kurdes, turques, bulgares, sur les édifices religieux de tous les peuples du monde, sur les migrations de races, ses pages sur les mœurs des Russes, des Slaves et de tant d'autres peuples, ses curieuses remarques sur l'Inde : ce sont là des documents d'autant plus dignes d'attention que l'auteur les a généralement recueillis sur place. Le chapitre consacré aux nègres renferme presque tout ce qui a été dit, soit avant soit plus tard, relativement aux mœurs et coutumes de ces peuplades noires, si peu connues, qui, sous le nom de *Zendjs*, ont occupé toute la côte orientale d'Afrique.

Les parties relatives aux Slaves et aux riverains du Volga peuvent être complétées à l'aide des fragments qui nous restent d'une relation écrite vers le même temps par le voyageur Ahmed Ibn Fozlan ; ce personnage accompagnait, en qualité de *katib* ou secrétaire, une ambassade du calife Moqtadir-Billah aux Bulgares du Volga. On lira avec intérêt ce qu'il rapporte des Russes encore païens, de leurs mœurs, de leur brutalité, de leur saleté repoussante, car il les appelle « les plus sales des hommes créés par Dieu »; jugement bien caractéristique dans la bouche d'un homme habitué au spectacle des fakirs musulmans.

On a quelquefois attribué à Maçoudi la paternité d'un autre ouvrage qui touche plus ou moins à la géographie. C'est le « Livre des Merveilles », *Kitâb-al-Adjâïb*, recueil d'historiettes fabuleuses dont le texte n'a jamais été publié et ne mérite guère de l'être, du moins au point de vue des études géographiques. On peut s'en faire une idée par la traduction que j'ai publiée moi-même d'un livre du même genre, intitulé *Merveilles de l'Inde*. Ces ouvrages sont excellents pour nous laisser apprécier l'état des esprits à l'époque où ces contes bizarres faisaient les délices des lecteurs. Il n'y faut point chercher plus de science réelle et de vérité que dans les hâbleries et bavardages de notre

Jean de Mandeville. Mais on y peut découvrir une forme ancienne de bien des légendes qui ont eu cours en Occident jusqu'à la fin du moyen âge et jusqu'à des temps encore plus voisins des nôtres.

Sur la fin de ses jours, Maçoudi écrivit un dernier livre qu'il intitule *Kitâb al-tenbiya oua'l-ichrâf*, « L'Indication et l'Admonition ». En ce qui concerne les études géographiques, on n'y devra chercher rien de plus que ce qui figure déjà dans les « Prairies d'Or », sauf peut-être quelques généralités cosmographiques supplémentaires. Nous n'en citerons qu'un détail : l'auteur s'attache à démontrer que Ptolémée le Géographe n'est point le père de Cléopâtre, et qu'il n'a jamais régné sur l'Égypte.

Dans le chapitre des *Prairies d'Or* où il est question de la Chine, à propos d'une curieuse anecdote sur les mœurs de ce pays, Maçoudi mentionne un personnage nommé Abou Zéid, de Sirâf, homme sage et expérimenté, avec qui il s'est longuement entretenu. Cet Abou Zéid paraît devoir être identifié à un personnage du même nom qui fut l'éditeur de la célèbre relation de Soléiman ci-dessus analysée, et qui accompagna ce travail d'un supplément notable, son œuvre personnelle. Renaudot et plus tard Reinaud ont fait connaître ces nouvelles pages en même temps que les premières. On y lit des détails intéressants sur les relations commerciales des musulmans avec la Chine à la fin du IXe siècle, sur les usages des Chinois, sur les curiosités de quelques villes et les productions que le commerce y venait chercher de si loin. Des paragraphes sur l'empire du Maha-Radja, entre la Chine et l'Inde ; sur ce dernier pays, et particulièrement sur la fameuse île de Sérendib; enfin quelques lignes sur les Zendjs à joindre à celles de Maçoudi : tout cela sincèrement écrit, sans préoccupation littéraire, avec le seul désir de renseigner le lecteur sur des contrées mal connues ; tout cela, dis-je, fait du livre d'Abou Zeid un document des plus utiles à consulter.

Vers le temps où Maçoudi publiait ses *Prairies d'Or*, un autre musulman nommé Abou Dolaf partait de Bokhara et s'en allait en Chine avec des ambassadeurs venus de ce pays, et qui s'en retournaient, leur mission achevée. Abou Dolaf avait écrit une relation de son voyage à travers la Tartarie, la Chine et l'Inde. Elle ne nous est point parvenue en son entier, mais une bonne partie nous a été conservée par deux écrivains postérieurs dont il sera bientôt question ; et ces fragments, recueillis dans Yaqoût et Cazouini, ont fait l'objet d'une publication spéciale, accompagnée d'une traduction latine (Berlin, 1845). Cet ouvrage, avec ceux de Soléiman, d'Abou Zéid, de Maçoudi et les livres de *Merveilles*, auxquels on joindra, si l'on veut, les fabuleux voyages de Sinbad (dans les *Mille et une Nuits*), telles sont les sources d'inégale valeur où l'on pourra puiser pour apprécier l'étendue des notions que les Arabes avaient acquises relativement à ces contrées de l'Orient, riches d'une richesse inépuisable. On s'étonnera peut-être de voir citer ici, comme ouvrage à consulter pour les études géographiques, ces contes des *Mille et une Nuits*, où la fantaisie orientale s'est donné libre carrière sans nul souci de la réalité ; mais on se souviendra que le savant Walkenaer, à qui l'érudition géographique est si redevable, n'avait point dédaigné d'étudier de près ces récits extraordinaires et d'écrire un Mémoire à leur sujet.

Le xe siècle nous offre encore trois voyageurs illustres, dans les œuvres desquels, pour la première fois, nous allons trouver de véritables essais de géographie descriptive. Le savant éditeur de leurs ouvrages, M. de Goeje, les a groupés ensemble dans sa *Bibliotheca geographorum Arabicorum*, une des publications capitales de ces derniers temps pour le sujet dont nous nous occupons ici.

Le premier est Abou Ishaq Istakhri, qui parcourait le monde musulman vers l'an 950.

Il avait vu presque toutes les parties de cette zone immense comprise entre l'Atlantique et l'Inde, la Caspienne et l'océan

Indien. Son livre porte le titre de *Kitâb al-Meçâlik oua'l-Memâlik*, les Routes et les Royaumes. Il y a douze ans, on ne le connaissait que très imparfaitement par une édition autographiée du Dr Moeller (1839) et par la traduction allemande de Mordmann (1845), faites l'une et l'autre sur une sorte d'abrégé qui ne présente aucunement la vraie rédaction de l'auteur. Le texte original n'a été mis entre les mains des savants qu'en 1870, dans l'excellente édition de M. de Goeje, qui, malheureusement pour nos géographes non arabisants, n'est pas accompagnée d'une traduction. Nous n'y retrouvons pas non plus (et ce n'est point très regrettable) les seize cartes reproduites par Moeller d'après le manuscrit de Gotha, objet de curiosité plutôt que documents d'étude.

Le second voyageur auquel nous avons fait allusion est Ibn Haouqal (Mohammed Abou'l-Kacim), plus jeune qu'Istakri d'une vingtaine d'années. Fils d'un riche marchand de Bagdad, chassé de cette ville par l'invasion d'un émir turc (en 943), Ibn Haouqal promena durant vingt ans son humeur aventureuse loin de sa patrie.

Pendant ses pérégrinations, auxquelles son goût pour la géographie donnait un but plus sérieux que la satisfaction d'une vaine curiosité, dans la vallée de l'Indus, il fit la rencontre d'un voyageur, entraîné comme lui loin de son pays natal, tant par l'effet de ses inclinations naturelles que par suite des circonstances politiques. Ce voyageur était Istakhri, âgé déjà, semble-t-il, car il avait mis la dernière main à son volume des *Routes et des Royaumes*. Ils échangèrent leurs idées sur une science qui les passionnait l'un et l'autre ; et le plus jeune, profitant des travaux de son aîné, écrivit à son tour un grand ouvrage géographique.

Ce ne fut, à vrai, dire qu'une nouvelle édition du livre d'Istakhri, dont il garda le titre ; édition améliorée pourtant et notablement augmentée. Le plan, les divisions, une bonne partie des développements, sont d'ailleurs identiques, et l'analyse suivante, prise dans le texte même du plus jeune des deux auteurs, convient également à l'un et à l'autre [1] :

« J'ai divisé l'empire musulman », dit Ibn Haouqal, « en climats, pays et districts dans chaque gouvernement. Je commence par le pays des Arabes... Après avoir décrit les montagnes et les plaines sablonneuses de l'Arabie, les routes et les cours d'eau qui se jettent dans la mer, je passe à la description de la mer Persique, laquelle borde presque tout ce pays... Je donne ensuite la carte et la description du Magreb en deux parties, l'une confinant à l'Égypte jusqu'à Mehdyeh et Kaïraouân, avec les villes peu nombreuses que renferment ses vastes plaines, l'autre partant de ces deux villes et allant jusqu'à Tanger et Azila ; je décris les villes du littoral, les routes qui conduisent à l'orient et à l'occident de cette contrée... Ensuite vient l'Égypte... Je décris après cela la Syrie, ses frontières militaires, ses montagnes, ses fleuves, les villes du littoral de la Méditerranée, les lacs de Tibériade et de Zogar (mer Morte)..., la Méditerranée, sa forme particulière, ses côtes orientales... le pays des Grecs. Quant à l'Espagne, sa description est comprise dans celle du Magreb. Je mentionne ensuite les îles principales de la Méditerranée, celles qui, par leur population et leur importance, méritent d'être signalées. Je passe alors à la description de l'Aldjezireh... Je décris le Tigre et l'Euphrate qui bornent ce pays, ses montagnes et ses routes. A cette description succède celle de l'Irak avec ses rivières et ses canaux, et les cours d'eau de l'Euphrate jusqu'à son embouchure ; le Khouzistan..., le Fars..., le Kerman..., le Sind, ses villes et ses voies de communication ; le fleuve Mehrân (Indus)... Je passe ensuite à l'Azerbaïdjân, je décris ses montagnes, ses routes, ses fleuves comme l'Araxe et le Kour, les lacs de Kilat et de Keboudân, qui ne communiquent pas avec la mer du Tabaristân, et enfin le Caucase qui domine cette mer ; puis le Djebal (Médie) avec ses

[1] Nous empruntons la traduction de ce sommaire à une excellente Notice de M. Barbier de Meynard dans le *Journal Asiatique* (mai-juin 1873, pag. 569 et suiv.).

districts, ses villes situées dans les montagnes et la langue de terre qui pénètre dans le désert du Khoraçân et le Fars. Je le fais suivre de la description du Guilân, du Deïlem, du Tabaristân, de la mer des Khazares avec les montagnes riveraines... Je mentionne ensuite... le Sidjistân..., le Kouhistân avec ses rivières, ses plaines et montagnes, et les routes principales. En dernier lieu, je décris le fleuve Djeïhoun (Oxus) et les pays situés au-delà du fleuve...»

Les améliorations apportées par Ibn Haouqal à l'œuvre de son prédécesseur sont sensibles dans les paragraphes relatifs à l'Égypte, à l'Afrique septentrionale, à l'Espagne, à la Sicile, à la Mésopotamie, à l'Arménie, et surtout dans le dernier chapitre consacré aux pays situés par-delà l'Oxus. Pour la Perse proprement dite, on préférera la rédaction plus complète d'Istakhri, qui s'attarde volontiers à décrire le pays de ses ancêtres.

Comme on le voit par le sommaire que nous avons reproduit, sauf quelques détails relatifs à Byzance, il ne faut point chercher dans Ibn Haouqal, non plus que dans Istakhri, des renseignements sur les pays étrangers à l'Islam. C'était déjà beaucoup pour de pieux musulmans que de laisser paraître du goût pour une science aussi profane que la géographie. Ces adorateurs d'Allah s'excusent, un peu hypocritement peut-être, d'avoir donné à la lecture des relations de voyage et à leurs propres rédactions un temps qu'il eût mieux valu consacrer à la méditation d'ouvrages pieux, à l'étude des traditions et des traités de casuistique.

Voilà les géographes réduits à déployer toutes les ressources de leur rhétorique pour démontrer que leur science est compatible avec les sentiments d'une sincère piété. Une chose surprend : c'est que, malgré l'évidente répulsion du fanatisme théologique pour tout ce qui n'était pas science purement religieuse, des livres de l'étendue de ceux que nous venons de citer et de ceux que nous nommerons encore, aient pu non-seulement s'écrire mais se conserver jusqu'à nous.

Le troisième voyageur qui figure dans la *Bibliotheca geographorum arabicorum* de M. de Goeje est Moqaddaci, dont le travail est de fort peu d'années postérieur à celui d'Ibn Haouqal ; celui-ci mettait, dit-on, la dernière main à son *Meçâlik* en 976 ; Moqaddaci écrivait sa description des royaumes musulmans vers 985.

Presque ignoré chez nous il y a trente ans, à peine connu des orientalistes (par un article du Dictionnaire Bibliographique de Hadji Khalfa), Moqaddaci désormais attirera l'attention au même titre que ses deux quasi-contemporains. Mais plus qu'eux il intéressera les philologues par les étrangetés de sa langue, les singularités de son style.

Rien ne saurait donner une idée de cette façon d'écrire. Cela fatigue et agace d'abord. Mais on s'y fait vite, et je n'assurerais pas, telle est la contagion du mauvais goût, qu'on ne finisse par prendre plaisir à ces assonnances rhythmiques, vrai jeu d'enfant, à ces allitérations puériles, à ces jeux de mots, à ce vocabulaire prétentieux. Sous tout ce clinquant se cache d'ailleurs un métal de bon aloi.

Moqaddaci a voulu être original autant par le langage que par le plan de son livre, composé, dit-il, pour être utile aux hommes et plaire à Dieu, mais surtout pour préserver son nom de l'oubli. Il veut suivre une voie que personne avant lui n'a foulée. Il n'empruntera rien à ses prédécesseurs : Djéihâni s'appesantit à des détails oiseux, Balkhi néglige les indications utiles, Ibn el-Faqih borne ses renseignements aux villes importantes, Djahizh et Ibn Khordadbeh sont trop secs. Pour lui, sans s'inquiéter des régions occupées par les infidèles, régions où il n'a jamais mis les pieds, il se bornera à décrire les pays de l'Islam, leurs capitales, villes et bourgs, les lacs et les fleuves, les mers et les déserts, les routes et les stations. Il parlera du langage des habitants, des mœurs, des religions, des poids et mesures, des aliments, etc., etc.

Il partage le monde musulman en quatorze climats [1] (expres-

[1] On sait que les astronomes grecs, et, à leur imitation, les astronomes arabes,

sion qu'il faut entendre, non dans le sens ordinaire aux astronomes, mais comme un équivalent de contrée, royaume, province), et traite séparément de chacun d'eux, plan beaucoup plus rationnel que celui des sept zones parallèles suivi par Édrici. Avant d'aborder ces descriptions successives, il consacre un chapitre spécial aux mers et aux fleuves. Il donne ensuite une liste des noms qui désignent plusieurs localités différentes, comme Tripoli de Barbarie et Tripoli de Syrie, puis celle des villes qui portent deux noms ou plus, comme Médine appelée aussi Yatreb. Suit une énumération assez longue de termes synonymes usités dans les diverses provinces. Enfin il dresse un tableau des différentes sectes musulmanes, au nombre de vingt-huit, avec des détails sur leurs divergences.

Avant d'aller plus loin, l'auteur juge ici qu'il est bon de nous entretenir un peu de sa personne. Les lignes consacrées à ce nouveau sujet ne sont pas les moins curieuses, comme style. Impossible d'accumuler plus de hâbleries et de vantardises. Si l'auteur était né en Espagne, on en ferait volontiers l'ancêtre de quelque héros des romans picaresques. Il a tout vu, tout lu, visité tous les pays, fouillé dans toutes les bibliothèques. Il a reçu trente-six surnoms, à cause des divers pays où il a séjourné, — et il les énumère sans faire grâce d'un seul. Tout ce qui peut arriver à un voyageur, il l'a éprouvé. Il a rempli les fonctions de faqih, de khâtib, d'imam, de muezzin ; il a disputé dans les écoles, discouru dans les assemblées, prêché dans les mosquées. Il a vécu avec des sultans et voyagé avec des bandits. Il a dormi dans les marchés, il a passé pour espion, il a tâté de la prison. Bref, il n'est pas une aventure humainement possible dont il n'ait été la victime ou le héros.

Tout cela au fond ne tire pas à conséquence ; et dans ce curieux étalage il semble qu'il faille voir la satisfaction d'un beau diseur à manier savamment sa langue, à montrer qu'il en con-

partageaient la surface terrestre en zones parallèles à l'équateur, zones appelées *climats*, et dont la hauteur était calculée de manière que la longueur du jour, au solstice d'été, différât d'une demi-heure d'une zone à l'autre.

naît merveilleusement les finesses et le vocabulaire, plutôt que le charlatanisme d'un écrivain vaniteux qui veut s'en faire accroire. Du reste tout ce boniment — qu'on me pardonne le mot — ne doit point faire mal préjuger du spectacle qui attend à l'intérieur. Celui-ci a une vraie valeur et qui n'est point due à la seule originalité de la forme. Les renseignements inédits y abondent. L'auteur l'a annoncé au début, il ne veut rien emprunter à ses devanciers; mais il veut être utile, pratique, suivant l'expression aujourd'hui usitée. Il écrit pour les voyageurs et les marchands et ne voudrait rien négliger de ce qui les touche. Le reste est secondaire, comme les pierreries qui orneraient la poignée d'une épée de combat.

Voici, pour donner une idée de l'ouvrage, un sommaire abrégé du chapitre consacré à l'Arabie, laquelle forme le premier climat. Après la géographie proprement dite, c'est-à-dire la description du pays et des villes, l'auteur s'occupe successivement des conditions climatériques, des sectes religieuses, des diversités de langage, du commerce, des poids et mesures usités, du change, des coutumes, de la nature des eaux, des productions minérales, des lieux saints, des droits payés pour les marchandises, enfin des itinéraires avec les distances. Chaque région est traitée à peu près de la même manière. Des listes de souverains et quelques autres détails complètent çà et là cet ensemble substantiel de notions.

Ce court exposé ne montre qu'imparfaitement le très vif intérêt que nous offre l'ouvrage de Moqaddaci ; c'est, pour la forme, un des plus curieux échantillons du style des raffinés au xe siècle, et, pour le fond, c'est une mine précieuse de renseignements de toute sorte. Espérons que bientôt une traduction viendra le mettre à la portée de ceux qui ne lisent point l'arabe.

Outre les voyageurs et géographes dont il vient d'être question comme appartenant au xe siècle, il en est quelques autres dont le nom figurerait avec honneur dans l'histoire de la géographie arabe ; mais la perte de leurs ouvrages nous oblige à les passer ici sous silence. Nous nous abstenons aussi de parler des livres d'astronomie, bien que la plupart intéressent par certains côtés les études géographiques ; c'est une branche que nous avons cru devoir réserver.

§ 3. — XIe SIÈCLE.

Au siècle suivant, le nom le plus illustre est celui d'Abou-'l-Rihan Mohammed Al-Biroûni, qui fut l'homme de son temps le plus instruit dans toutes les branches des connaissances humaines. Son génie encyclopédique embrassait tout à la fois : les mathématiques, l'astronomie, l'histoire, les sciences naturelles, la médecine, la philosophie. On assure qu'il lisait dans leur propre langue les écrivains de la Grèce et ceux de l'Inde. Le surnom de Biroûni, par lequel il est ordinairement désigné, rappelle probablement le lieu d'origine de sa famille, qui serait la ville de Biroûn sur les rives de l'Indus. Lui-même passa sa jeunesse au Kharizm, aux bords de l'Oxus. Il y avait connu le grand Avicenne, et la communauté de goûts scientifiques établit entre eux des relations d'amitié qui ne se démentirent jamais.

Il avait voyagé durant quarante ans, dit-on, dans toute la péninsule indienne. Ses écrits, dont on n'a publié jusqu'ici que de courts fragments, seraient assurément des plus utiles à la science géographique, si nous en possédions enfin l'édition depuis si longtemps promise. Al-Biroûni mourut en 1039.

Les ouvrages arabes que nous avons cités jusqu'à présent sont dus à des Musulmans orientaux. Ici se place le nom d'un écrivain de l'Occident, d'un Espagnol, qui cependant — et non sans fierté — rattachait son origine à une tribu arabe de l'Iraq. Bekri (1028-1094), qui fut visir dans la ville d'Alméria, est l'auteur d'une Description de l'Espagne et de l'Afrique septentrionale, et d'un Dictionnaire géographique assez étendu. Le second de ces deux ouvrages ne contient malheureusement, d'après le plan de l'auteur, que les noms des lieux cités dans le Coran, dans les *Hadith*, dans les anciennes poésies, et dans quelques récits des premières conquêtes de l'Islam. L'édition autographique qu'en a donnée Wüstenfeld, quelque mauvaise qu'en soit l'écriture, est d'un usage suffisamment facile pour les arabisants. Ce livre d'un Arabe espagnol, presque entièrement consacré à des régions lointaines, est un témoignage de l'état d'esprit, des sentiments intérieurs que gardaient alors ces fils des conquérants musulmans. Leurs regards restaient fixés sur des pays qu'ils ne pouvaient s'empêcher de regarder toujours comme leur vraie patrie, sur le berceau de leur race et sur les lieux témoins des premiers exploits de leurs ancêtres. Il semble qu'il leur restât quelque méfiance sur la solidité de leur établissement parmi cette race étrangère, et qu'ils doutassent de la vigueur des racines jetées par eux dans ce sol nouveau.

La description de l'Afrique est peut-être l'ouvrage le plus complet que l'on connaisse sur cette partie considérable des possessions musulmanes. Bekri ne semble pas avoir parcouru de sa personne ces régions où les Arabes dominaient déjà depuis plusieurs siècles ; on suppose qu'il avait puisé les matériaux de son Traité dans les archives des princes Omeyyades de Cordoue. Quoi qu'il en soit, ce livre abonde en renseignements, non-seulement sur les villes, bourgs et villages qu'on rencontre le long du littoral méditerranéen, mais aussi sur la région des oasis et sur les parties reculées de la Tunisie, de l'Algérie, du Maroc, et même du Soudan. Pour la géographie ancienne de notre colonie, depuis Constantine jusqu'à Oran et à Tlemcen, il n'existe pas de documents plus précieux que ces pages de Bekri, combinées avec la grande histoire des Berbères, par Ibn Khaldoun. En ce moment où la France a des intérêts si considérables en Tunisie, on peut être curieux de comparer les descriptions, parfois assez détaillées, des vieilles villes de l'*Ifriqiya*, Tunis, Gabès, Kairouan, Sfax, etc., telles que nous les donne un Arabe du XIe siècle, avec leur état moderne.

§ 4. — XIIe SIÈCLE.

Quarante à cinquante ans plus tard, mais bien loin du Magreb, à l'orient de la mer Caspienne, un autre écrivain arabe, plus connu par sa vaste érudition en théologie que par sa science géographique, le célèbre commentateur du Coran, Zamakhchari (mort en 1144), écrivait un *Livre des montagnes, des lieux et des eaux* assez semblable au Dictionnaire de Bekri. Cet ouvrage, moins étendu que celui du géographe espagnol, a été publié sous la direction de M. Juynboll, en 1856, d'après un manuscrit unique, conservé à la bibliothèque de Leyde. Il sera utilement consulté, plutôt par les philologues pour l'éclaircissement et l'annotation d'anciens textes, que par les historiens de la géographie.

La fin du XIe siècle, en Espagne, avait vu naître un homme de quelque valeur, Abou Hamid Mohammed, de Grenade, émule, en tant que voyageur, des Istakhri et des Ibn Haouqal, qui passa sa longue existence (1080-1170) à parcourir en tous sens les provinces de l'Asie musulmane. Il avait particulièrement et longtemps voyagé autour de la mer Caspienne, chez les Khazars et les Bulgares, sur les bords du Volga, à l'embouchure de l'Oxus. Il ne semble point que la relation complète de ses voyages soit venue jusqu'à nous. Elle était sans doute bien mêlée de fables, si l'on en juge par ce que l'on connaît de ses écrits. Ceux-ci en effet témoignent chez leur auteur d'une ardente curiosité pour les sciences naturelles, mais en même temps d'une crédulité trop dépourvue de critique. Son *Touhfet al-albâb* « Don aux gens d'esprit » figurerait mieux à côté des *Livres de merveilles* qu'auprès des beaux ouvrages d'Istakhri, d'Ibn Haouqal et de Moqaddaci. Cependant on ne lira pas sans intérêt son tableau des mers et des îles, ses chapitres sur les curiosités naturelles [1] et sur les édifices remarquables.

[1] On cite un passage où il est question du commerce de l'ivoire fossile qui se faisait chez les Bulgares

La publication de l'œuvre d'Abou Hamid, si l'on en découvre une copie suffisante, sera une œuvre utile pour l'histoire générale des sciences au moyen âge, bien que les deux ouvrages de Cazouini, dont nous parlerons plus loin, paraissent y avoir largement puisé.

Le plus grand nom de la science géographique arabe au XIIe siècle, et l'un des plus remarquables dans la période musulmane tout entière, est celui d'Édrici, né à Ceuta, mais Espagnol d'origine, car il descendait d'une famille princière qui avait régné à Malaga. On sait peu de chose de sa vie. Il avait vu Lisbonne, l'Andalousie, les côtes de France et d'Angleterre, le Maroc, l'Asie-Mineure et Constantinople. En 1154, on le trouve en Sicile, à la cour du roi Roger, et c'est à l'instigation de ce prince, très curieux de géographie, qu'il composa son grand ouvrage intitulé : *Récréation de l'homme désireux de parcourir le monde*[1].

Ce livre est bien connu par la traduction de Jaubert, publiée en 1836, et tous ceux qui de nos jours ont écrit sur la géographie du moyen âge se sont empressés d'y recourir. Longtemps auparavant on avait déjà fait grand usage d'une édition incomplète, remplie de lacunes, imprimée au XVIIe siècle, et de la traduction latine de cet abrégé. Un géographe de la fin du siècle dernier y avait trouvé la matière d'un travail remarquable sur l'Afrique[2].

La traduction de Jaubert laisse beaucoup à désirer, spécialement dans la lecture des noms propres. Une bonne édition du texte, ou une traduction nouvelle, éclairée par les critiques auxquelles la première a donné lieu, aidée aussi des éditions postérieures d'autres géographes arabes que nous devons à des hommes comme Barbier de Meynard, de Slane, Wüstenfeld, de Goeje, Mehren, etc., rendrait un grand service et ferait mieux apprécier la valeur de cet important travail. C'est ce que montre surabon-

[1] On a des raisons sérieuses de croire qu'Édrici avait fait, pour le fils de Roger, un autre traité de Géographie, plus considérable, qui ne nous est point parvenu. On en trouve des fragments dans Abou'l-Féda.

[2] *Edricii Africa*, par Hartmann. Gœttingen, 1796.

damment la section concernant l'Afrique et l'Espagne, publiée, traduite et annotée par MM. Dozy et de Goeje.

Le plan adopté par Édrici n'est pas très satisfaisant pour nous, vu surtout son désaccord avec nos habitudes modernes. Sans s'inquiéter des divisions politiques, des bassins des fleuves ou des mers, des massifs de montagnes ou des configurations des continents, le *Livre de Roger*, comme le nomment parfois les Arabes, partage le monde en sept climats, ou zones comprises entre des *parallèles*, suivant la méthode d'Al-Fergâni, et chaque climat en dix sections, allant de l'Occident à l'Orient; Al-Fergâni marchait en sens contraire, différence qui est due sans doute à cette circonstance que celui-ci était né sur les bords du Yaxarte, et l'autre à l'extrémité du Magreb, non loin des Colonnes d'Hercule.

Le premier climat est censé commencer à l'équateur; mais l'écrivain y rattache, section par section, tout ce qu'il sait de l'Afrique transéquatoriale; peu de chose, à la vérité, si nous regardons à l'étendue de l'énorme presqu'île, beaucoup si nous le comparons à ce qu'en ont dit ses prédécesseurs et même les géographes venus après lui.

De même que les géographes orientaux dont nous avons parlé sont surtout riches en détails pour leur Asie et les contrées avoisinantes, de même Édrici s'étend plus volontiers sur les régions occidentales, pour lesquelles son séjour parmi les chrétiens de Sicile lui fournit des ressources qui manquaient à ses prédécesseurs. Chez les premiers, le pays des Francs tient une bien faible place. Ici au contraire l'Espagne, la Sicile, les côtes italiennes, la France avec la Bretagne, l'Angleterre, l'Irlande et l'Écosse, les rivages de la mer du Nord et de la Baltique, figurent pour une large part. Mais, malgré quelques détails intéressants à y relever, ce n'est point là assurément qu'il faudra chercher les bases d'une étude géographique sérieuse de ces régions.

Édrici ne se fait point faute d'emprunter aux géographes des siècles précédents, tels que Ibn Kordadbeh et Ibn Haouqal, dont il reproduit textuellement des passages.

Une des sources où il dut puiser, c'est la collection d'itinéraires ou de relations de voyages écrites par les pèlerins qui de toutes les parties du monde musulman se rendaient, par des voies plus ou moins directes, au Temple Sacré de la Mecque. La publication de ce genre de récits, s'il en existe encore dans quelques bibliothèques, pourrait être d'un vif intérêt pour l'histoire, la géographie et la connaissance des mœurs.

Postérieurement à la rédaction du livre d'Édrici, nombre d'Espagnols firent aussi le voyage d'Orient. Un historien arabe de l'Espagne, Makkari, cite leurs noms. Parmi ceux dont les relations ont été conservées, il faut mettre en première ligne le Valencien Ibn Djobaïr, poète et prosateur estimé, qui fut secrétaire d'un gouverneur de Grenade dans la seconde moitié du XIIe siècle.

Agé de 38 ans, il partit de Grenade en 1183 pour Ceuta, Alexandrie, Djedda et la Mecque. Au retour, il vit Koufa, Bagdad, Mossoul, Damas, Alep, Saint-Jean d'Acre. Un navire chrétien le ramena en Sicile, où ses coreligionnaires étaient encore nombreux, et il rentra dans Grenade deux ans après son départ. Cette visite au Temple Sacré ne suffit point à satisfaire la piété voyageuse d'Ibn Djobaïr. A la nouvelle de la prise de Jérusalem par le grand Salah-Eddin, il reprit la route de l'Orient, et accomplit un second pèlerinage. Enfin la Mecque le revit encore en 1217, époque où il atteignait sa soixante et treizième année ; mais il ne put cette fois regagner l'Espagne et mourut en Égypte.

On doit à M. Dozy une bonne édition des voyages d'Ibn Djobaïr ; c'est un ouvrage des plus intéressants à consulter pour cette période si mouvementée des Croisades.

Comme auteurs d'itinéraires, nommons encore Heraoui, de Mossoul, contemporain d'Ibn Djobaïr, moine mendiant, soufi, calender, sorcier, fanatique et curieux, qui a fait un livre sur les lieux de pèlerinage ; Abdéri, de Valence, dont l'*Itinéraire occidental* est spécialement consacré à l'Afrique ; Nouchérichi, de Grenade, qui s'attache surtout à faire connaître les bibliothèques, les Académies savantes et les hommes distingués de son temps ; enfin Mohammed Ibn Rochd, de Ceuta, qui a écrit un itinéraire d'Afrique et un itinéraire d'Espagne. Ces trois derniers sont de la fin du XIIIe siècle et des premières années du XIVe. Tous ces ouvrages malheureusement attendent encore des éditeurs.

§ 5. — XIIIe SIÈCLE.

Le livre capital pour la géographie, au XIIIe siècle, est le grand Dictionnaire de Yaqoût, intitulé *Mo'djem el-Bouldân*, dont l'infatigable Wüstenfeld a donné une édition complète. On connaissait déjà l'importance de ce vaste répertoire par les emprunts de quelques savants tels que Fræhn, Dorn, Amari, et surtout par le beau *Dictionnaire géographique, historique et littéraire de la Perse*, de M. Barbier de Meynard, presque exclusivement tiré du *Mo'djem el-Bouldân*.

Obéid Allah Yaqoût, d'origine hellénique, était tombé tout jeune entre les mains des musulmans. Élevé dans leur religion, esclave d'un maître riche et généreux, il reçut à Bagdad une brillante éducation ; affranchi plus tard et associé au commerce de son maître, il eut à faire de longs voyages ; lui-même s'appliqua spécialement à l'achat et à la vente des livres, et, grâce à cette double profession de voyageur et de libraire, il put tout à la fois acquérir des notions personnelles sur les pays qu'il visitait et recueillir tous les documents écrits éparpillés dans les grands centres de la science musulmane. Il habita successivement le nord de la Perse, la fameuse île de Kich, centre des relations commerciales entre l'Orient et l'Occident, Damas, Alep, Mossoul, et la grande ville de Merw, où les lettres étaient alors florissantes. L'approche des hordes envahissantes de Djenghiz-Khân le chassa de ce dernier séjour. Traversant le Kharizm et l'Azerbaïdjân, il revint ensuite à Mossoul, puis à Sindjar, et enfin à Alep, où il mourut, jeune encore, en 1229. C'est dans cette dernière ville qu'il mit en œuvre les nombreux documents recueillis dans ses voyages, et composa ou du moins acheva les ouvrages qui le placent aux premiers rangs parmi les géographes arabes.

Le *Mo'djem el-Bouldân* contient, par ordre alphabétique, les noms de lieux de tous les pays du monde qui sont venus à la connaissance de l'auteur. Les villes sont décrites, leur position astronomique fixée, les produits agricoles et industriels énumérés. A cela s'ajoutent des notices sur les hommes remarquables qui appartiennent au pays par leur naissance ou par leur séjour. En décrivant les lieux mentionnés par les poètes, Yaqoût se plaît à citer quelques vers, utiles, dit-il, pour fixer une orthographe douteuse. Mais ces ornements littéraires étaient dans le goût du temps, et l'auteur n'est point fâché de laisser voir que l'étude de la géographie n'a point altéré son amour pour le beau langage. Malgré sa prédilection bien naturelle pour les pays musulmans, Yaqoût ne professe point pour la géographie des pays infidèles le dédain, peut-être un peu forcé, d'Istakhri, d'Ibn Haouqal et de Moqaddaci. Il n'a pu sans doute tirer profit des documents grecs ou latins, dont la langue lui était inconnue, mais il a utilisé avec soin tout ce que lui offrait la langue arabe, en y joignant les renseignements recueillis de la bouche des hommes dignes de foi qu'il a fréquentés durant ces voyages.

Tous ces détails sont bien précieux aujourd'hui. On sait, par exemple, quels éclaircissements y ont trouvé Fræhn et Dorn pour l'étude de certaines parties de l'Europe orientale au moyen âge. Dans ce tableau de l'univers, on ne sera point surpris de voir nos contrées occidentales un peu négligées ; cependant je n'affirmerais pas qu'on n'y puisse découvrir, même pour la France, plus d'un fait à recueillir. De tous les savants qui de nos jours ont eu occasion de recourir au *Mo'djem*, il n'est personne qui n'ait rendu justice à l'étendue des connaissances de l'auteur et qui ne lui ait su gré du soin qu'il a mis à conserver la substance d'une foule de documents aujourd'hui perdus. Il cite en effet un grand nombre d'écrivains dont il a mis les ouvrages à profit. A Djeihâni, Ibn el Faqih, Abou Zeid et Ibn

Khordadbeh, seuls mentionnés par Moqaddaci, il joint Istakhri, Ibn Haouqal, Bekri, et aussi beaucoup d'autres dont nous ne connaissons les ouvrages que par ses indications et ses emprunts.

Outre le *Mo'djem el-Bouldân*, Yaqoût avait rédigé deux autres ouvrages qui se rattachent à la géographie, mais qui ajoutent peu de chose au contenu du grand Dictionnaire. Le *Mochtarek* est un recueil des homophones géographiques, c'est-à-dire des noms qui, sans changement orthographique, s'appliquent à des lieux différents. Quelques observations nouvelles, maints faits qu'on trouve ici et qui ne figurent point dans le *Mo'djem*, donnent au *Mochtarek* sa valeur propre. On en doit aussi la publication à M. Wüstenfeld. L'autre ouvrage est un abrégé encore assez volumineux du *Mo'djem*. Il est connu sous le nom de *Meracid el-Ittila* « Champs de l'observation ». Mais l'opinion des orientalistes est que ce livre n'est point l'œuvre même de Yaqoût, mais celle d'un écrivain postérieur. Il n'importe. Malgré la publication intégrale du grand Dictionnaire, le *Meracid*, comme le *Mochtarek*, a son utilité, à cause des corrections et des additions faites ici au texte primitif ; et l'édition qu'en a donnée M. Juynboll sera toujours recherchée. Pour des ouvrages de la valeur du *Mo'djem*, on accueillera toujours avec reconnaissance les œuvres qui contribuent à les éclairer, à les perfectionner, à corriger des erreurs, à combler les lacunes des manuscrits. Ajoutons que le texte du *Mo'djem* paraît dès maintenant assez bien établi pour qu'on en puisse donner une bonne traduction française, et le savant qui accomplirait cet important travail aurait bien mérité de tous ceux qui s'intéressent à la littérature arabe et à l'histoire du moyen âge.

Vers le temps même où Yaqoût écrivait ses livres à Alep, Abd el-Ouahid, surnommé Marakechi, c'est-à-dire le Marocain, à l'autre extrémité de la Méditerranée, rédigeait une description historique de l'Afrique et de l'Espagne, dont le texte a été publié par Dozy en 1847. Un autre Marocain, Abou'l-Haçan-Ali, donnait, quelques années après, un remarquable Traité des instruments astronomiques, où l'on trouve un tableau des coordonnées géographiques de cent trente-cinq localités.

Ces longitudes et latitudes terrestres, souvent peu exactes d'ailleurs, figurent en plus grand nombre dans un livre de la même époque, qui a son importance pour les études géographiques : c'est la *Djagrafiya* d'Ibn Saïd (né à Grenade en 1214, mort à Tunis à l'âge de 60 ans). Ibn Saïd a beaucoup emprunté à Édrici, et ces emprunts, rapprochés de l'original, peuvent servir parfois à en améliorer le texte. Mais il a pris aussi de nombreux passages à la relation malheureusement perdue d'un certain Ibn Fathima, qui avait cotoyé les rivages orientaux de l'Afrique jusqu'à Sofala, et la côte occidentale jusqu'au Djebel *Lammâ*, qui est le cap Blanc. Ces extraits, souvent fort étendus, donnent un véritable intérêt à son livre, lequel, malgré les voyages personnels de l'auteur à la Mecque, en Égypte, en Syrie, dans l'Iraq, doit surtout être considéré comme une œuvre de compilateur. D'autres ouvrages du même auteur, plus spécialement consacrés à l'histoire, méritent cependant d'être consultés pour les notions géographiques qu'on y rencontre.

Durant ses voyages dans les régions baignées par le Tigre et l'Euphrate, Ibn Saïd eût pu se rencontrer avec un écrivain dont le nom a toujours joui d'une grande popularité chez les Arabes. Le célèbre Kazouini, en effet, exerça des fonctions judiciaires dans plusieurs localités de la Mésopotamie, vers le milieu du XIIIe siècle. Les œuvres de ce savant résument assez bien l'état des connaissances générales à son époque : ses «Merveilles de la création» (*Adjâïb al-Makhlouqât*) et ses « Monuments des pays » (*Athâr al-Bilâd*) forment une sorte d'encyclopédie des sciences physiques et naturelles. Théories et faits s'y accumulent en grand nombre, mais sans beaucoup d'ordre ; l'ordre est une qualité qui n'appartient guère aux écrivains de sa race. Je ne sais qui l'a nommé le Pline des Orientaux ; le Solin si l'on veut ; mais le Pline, non : ni par l'étendue des connaissances, ni par la force et la variété du style. L'*Athâr al-Bilâd* est spécialement consacré à la géographie. L'auteur accepte la division en sept climats ; mais pour chaque climat, au lieu de marcher de proche en proche, de tracer, comme Édrici, une suite d'itinéraires, il adopte l'ordre alphabétique et transforme ainsi son Traité en une série de Dictionnaires partiels d'un usage incommode. On y recherchera, pour les études dont nous nous occupons ici, quelques passages de relations antérieures aujourd'hui perdues, et on y trouvera un utile secours pour la lecture et les rectifications des ouvrages précédemment nommés.

Quant à l'*Adjaïb al-Makhlouqât*, il rappelle par bien des points les *Livres de Merveilles* plus anciens, et c'est à cela surtout que l'ouvrage dut sa grande popularité au moyen âge. Mais il est infiniment supérieur comme science réelle à tous ceux auxquels nous avons fait allusion. La géographie proprement dite y joue un rôle très secondaire, mais on y trouve de curieuses pages sur les phénomènes géologiques, sur l'homme, les animaux, les plantes et les substances inorganiques. Du reste, les mêmes passages sont souvent reproduits presque textuellement dans les deux livres. — Je comparerais volontiers la *Kosmographie* de Kazouini (c'est le titre général sous lequel Wüstenfeld a publié le texte arabe complet) au *Speculum naturale* de notre Vincent de Beauvais, écrit précisément à la même époque, c'est-à-dire aux environs de 1260.

§ 6. XIVe SIÈCLE.

La fin du XIIIe siecle a vu naître, après Kazouini, un grand nombre de ces rédacteurs d'encyclopédies qui, à son exemple, composaient surtout leurs gros volumes avec des coups de ciseaux dans les œuvres de leurs prédécesseurs. Parmi les compilateurs des sciences géographiques, nous nommerons d'abord Abou'l-Féda et Chems-ed-Din Dimichqi, l'un depuis longtemps célèbre chez nous, regardé en quelque sorte comme le Ptolémée de la géographie arabe ; l'autre moins connu, mais non sans mérite.

Abou'l-Féda, né à Damas presque au moment ou Ibn Saïd mourait à Tunis, est le seul, parmi les géographes arabes, qui ait passé une partie de sa vie dans le métier des armes, le seul aussi qui ait porté le titre de prince souverain. Au milieu des guerres qui agitaient son pays et auxquelles il prenait une part active, le prince de Hamat trouva le temps de recueillir les éléments et d'achever la rédaction de ses deux grands ouvrages : l'*Abrégé d'histoire universelle*, un des monuments historiques les plus importants de la littérature arabe, et le *Taqouîm al-Bouldân*, ou Traité de géographie, dont le texte complet, accompagné d'une traduction partielle, a été publié par de Slane et Reinaud.

Abou'l-Féda n'avait vu de ses yeux qu'une faible partie des contrées qu'il décrit : l'Égypte, le nord de l'Arabie, la Syrie et quelques portions de l'Asie-Mineure, tel est le cercle de ses voyages personnels. Pour l'ensemble de son livre, il a fait usage des nombreuses relations que nous avons citées : Istakhri, Ibn Haouqal, Édrici, Biroûni, Ibn Saïd, sont ses principales autorités, avec la traduction arabe de la géographie de Ptolémée. C'est en ce dernier ouvrage et dans le *Qanoûn* de Birouni qu'il a puisé ses données mathématiques et la plupart des indications de longitudes et de latitudes qui accompagnent les noms des villes un peu importantes. Son plan même est une imitation de celui de Ptolémée.

Malgré son défaut d'originalité, la géographie d'Abou'l-Féda sera toujours regardée comme une des bases principales de l'étude de cette science chez les Orientaux, et la publication successive des ouvrages où il a puisé ne dispensera point de recourir à sa compilation ; outre les observations personnelles et les récits *ab auditu*, on y relève de nombreux emprunts à des originaux qu'il ne reste aucun espoir de jamais retrouver. Mais on n'y rencontrera rien qui mérite d'être signalé sur le nord et l'occident de l'Europe, car, de son aveu, le prince de Hamat n'a que des notions confuses et incertaines sur « le pays des Francs », à partir du canal de Constantinople jusqu'à l'Océan.

De Chems ed-Din Dimichqi nous dirons peu de chose. Sa Cosmographie, que M. Mehren a fait connaître par une édition du texte et une traduction française, est fort inférieure à celle de Kazouini ; moins d'érudition et pas plus de critique. Elle attirera cependant l'attention par quelques faits qu'on ne trouve point ailleurs, par l'indication de maintes localités dont les géographes antérieurs n'ont rien dit. Comme l'auteur avait longtemps séjourné en Syrie, il donne de cette région et de la Palestine une description qu'il faut ranger parmi les plus complètes en langue arabe. Dimichqi est mort en 1327, quatre ans avant Abou'l-Féda.

Quelques mois après celui-ci (1332), mourait un autre écrivain de grande réputation, l'Égyptien Nowaïri, auteur d'un grand ouvrage encyclopédique où la géographie et les sciences naturelles occupent une certaine place. On y cherchera plutôt des généralités sur les divisions terrestres, les montagnes, les mers, les îles, que des détails précis sur les diverses régions. Cet ouvrage, encore inédit, existe en manuscrits plus ou moins complets dans quelques bibliothèques européennes. Il en est de même de l'Encyclopédie d'Omâri (mort en 1349), où l'on trouverait, semble-t-il, des parties fort utiles pour l'histoire de la géographie, si l'on pouvait en avoir une copie sans lacunes. Omâri avait été longtemps attaché à la chancellerie de Damas, puis à celle d'Égypte ; et ces fonctions l'avaient mis en situation de recueillir sur ces pays un grand nombre de faits intéressants qu'il faut joindre à ceux dont les écrivains antérieurs ont pris note.

Nommons enfin un ouvrage de la même époque, *la Perle des Merveilles* (*Kheridet al-Adjâïb*) d'Ibn al-Ouardi, d'Alep, qui a longtemps captivé l'attention des orientalistes. Ce livre avait eu la bonne fortune de tomber entre leurs mains, à une époque où l'on connaissait peu les travaux des grands géographes que ce compilateur banal a mis à contribution. De là l'honneur accordé à maints fragments de ses écrits, analysés, imprimés, traduits, au XVIIIe siècle, alors que la plupart des ouvrages originaux restaient et devaient rester longtemps encore absolument ignorés.

Un nom des plus illustres vient clore cette liste des écrivains arabes du XIVe siècle qui se sont occupés de géographie : c'est celui d'Abou Abd-Allah Mohammed Ibn Batouta.

Né à Tanger vers l'année 1300, Ibn Batouta ne fut ni géographe ni compilateur d'encyclopédies, pas même homme de lettres ; non peut-être qu'il manquât d'instruction, du moins de celle qui était nécessaire alors pour remplir les fonctions de cadi, mais parce que sa vie toute d'aventures ne semble lui avoir laissé ni le goût ni les loisirs de manier le *qalam*. Ibn Batouta fut simplement un voyageur, mais un voyageur infatigable, qui durant plus d'un quart de siècle courut d'un bout du monde à l'autre, en pèlerin, en touriste, en curieux, parfois avec un train d'ambassadeur, parfois aussi avec la besace et le bâton de fakir pour tout équipage. En 1355, il s'arrêta enfin, se fixa à Fez, et là dicta de mémoire le récit de ses prodigieuses pérégrinations par terre et par mer. Son secrétaire était un littérateur distingué, un Grenadin du nom d'Ibn Djozaï.

Il s'en faut que notre Berbère, car Ibn Batouta n'était pas de sang arabe, se présente à nous comme un homme supérieur. C'est un pieux musulman, sincère, bigot et crédule, qu'intéressent plus particulièrement les choses de la religion, les récits de miracles, les traits d'ascétisme , les variétés de rites, les menus détails des cérémonies dans les mosquées et les lieux de pèlerinage ; mais sa dévotion de *hadji* ne l'empêche point de voir, et de voir très bien, partout où il s'arrête, les lieux, les hommes et les choses. Des théories scientifiques, de la théologie même, il ne s'en soucie guère, mais il note scrupuleusement tout fait dont il est témoin, les traits de mœurs, les circonstances propres à renseigner sur les agréments et les désagréments d'un pays, les descriptions des villes où il passe, les anecdoctes caractéristiques.

Avec une personnalité très accentuée, il ne se vante pas à la façon de Moqaddaci, mais laisse voir une certaine fierté de l'étendue de ses voyages. Citant un Égyptien qu'il a rencontré à Brousse, lequel avait fait « le tour du monde », mais n'avait vu ni la Chine, ni le Maghreb, ni Ceylan, ni le pays des Noirs, Ibn Batouta constate avec une évidente satisfaction sa supériorité sur ce voyageur. Vanité bien légitime lorsque l'on considère l'immense tracé de son itinéraire, qui, partant de Tanger, traverse le Maroc, la partie septentrionale de l'Afrique, Tunis, Tripoli, l'Égypte, la Syrie, l'Arabie, la Mésopotamie, la Perse ; passe à Bagdad, Mossoul ; retourne à la Mecque, atteint la côte d'Afrique, la cotoie de Zeila à Quiloa ; revient au Yémen, à Omân, à Hormouz ; encore une fois à la Mecque, au Caire, dans la Syrie et l'Asie-Mineure ; traverse la mer Noire, aborde en Crimée, remonte jusqu'à Astracan, redescend à Constantinople, se dirige sur le Kharizm, franchit la Tartarie, la Transoxiane, le Khoraçan, l'Afghanistan, le Caboul, les rives de l'Indus ; s'enfonce dans l'Inde, atteint Delhi, puis Cambaie, Calicut ; va aux îles Maldives, ensuite à Ceylan ; retourne au Bengale, touche aux grandes îles de l'archipel Malais, atteint la Chine jusqu'au nord ; revient sur ses pas, passe à Sumatra, retourne au golfe Persique ; revient encore à la Mecque, puis au Caire, et regagne enfin le Maroc, d'où il est parti. De là, nouvelles courses en Espagne et puis au Soudan, à Tombouctou ; retour définitif à Fez.

Quand même on ne songerait pas aux moyens de transport et à l'état des routes au XIVe siècle, on conviendra qu'un voyageur pouvait se sentir un peu fier lorsqu'il avait suivi dans toute sa longueur, dans ses lacets et ses entrecroisements, l'interminable itinéraire dont nous venons de tracer un croquis.

Depuis vingt à vingt-cinq ans que le livre d'Ibn Batouta a été traduit et publié par MM. Defrémery et Sanguinetti, la réputation du voyageur Magrébin n'a point cessé de s'accroître. Livre singulier, qui se lit comme un roman, mais où le géographe et l'historien trouvent encore plus de satisfaction que le simple curieux.

Nous avons parcouru le cycle entier de la littérature géographique arabe depuis ses origines au IIe ou IIIe siècle de l'Hégire jusqu'au VIIIe. Après Ibn Batouta, le siècle suivant nous fournirait peut-être encore quelques noms, tels que ceux de Khalil Dahéri Ibn Chahin, qui écrivait vers 1440 une *Exposition des Provinces*, dont Silvestre de Sacy a publié un fragment, et de Bakoui, auteur d'une compilation presque entièrement puisée dans les écrits de Kazouini, si l'on en juge par l'analyse qu'en a donnée Deguignes dans les *Notices et Extraits des Manuscrits.*

Il ne semble pas que les études dont nous nous occupons aient grand profit à tirer des œuvres de ces compilateurs de troisième ou de quatrième main. Nous devons pourtant, à cette époque de décadence, signaler, sous peine d'injustice, le nom d'un écrivain qui fait encore honneur à la littérature arabe, le célèbre Maqrizi, digne élève du grand historien des Berbères. Sa description historique et topographique de l'Égypte ne saurait être négligée par ceux qui s'occupent de la géographie de ce dernier pays. Les fragments qu'en a donnés Sacy dans sa Chrestomathie arabe suffisent à montrer la valeur de l'écrivain et l'intérêt de son livre.

Si nous n'avons rien dit des cartes qui accompagnent les manuscrits de quelques géographes arabes, c'est que les éditeurs en général n'ont point jugé utile de les reproduire. Elles seraient pourtant intéressantes dans leurs tracés grossiers et erronés, si nous étions sûrs d'avoir une copie à peu près exacte des dessins de l'auteur. Les Arabes n'écrivaient guère un Traité de géographie sans y joindre des tableaux topographiques, des croquis des mers et des continents. Le texte même n'avait parfois d'autre but que de servir à l'explication des cartes ; et Moqaddaci reproche à un géographe antérieur d'avoir donné trop d'importance à celles-ci, de les regarder comme la partie capitale de son œuvre, au détriment de sa rédaction. Lui-même cependant, comme Istakri, comme Ibn

Haouqal, comme plus tard Édrici et Yaqoût, en avait joint à son Traité, traçant, dit-il, les routes en rouge, les sables en jaune, les mers en vert, les fleuves en bleu, les montagnes en gris.

Les cartes de Yaqoût, peu différentes de celles d'Ibn Haouqal, dit M. Barbier de Meynard dans la préface de son *Dictionnaire de la Perse*, n'ont été signalées dans aucune copie du *Mo'djem* conservée en Europe; il y a lieu de croire qu'elles ont été supprimées de bonne heure, soit par la paresse des copistes, soit par l'auteur lui-même, frappé de leur imperfection.

Les personnes curieuses de la cartographie arabe pourront consulter l'atlas de seize cartes, publié par Moeller, dont nous avons parlé au sujet d'Istakhri, et celles des manuscrits d'Édrici, dont Reinaud et Jaubert ont reproduit des échantillons.

AUTEURS ARABES CITÉS

Soléimân (écrivait en 851).
Sallam.
Beladhori (mort en 892).
Ibn Khordadbeh (mort en 912).
Qodama (mort en 948).
Yaqoùbi (écrivait en 892).
Djaïhani.
Maçoudi (mort en 956).
Ibn Fozlân (voyageait vers 921).
Abou Zéid.
Istakhri (voyageait vers 951).
Ibn Haouqal (écrivait en 976).
Moqaddaci (écrivait vers 985).
Biroûni (écrivait en 1031).
Békri (1028-1094).
Zamakchari (mort en 1144).
Abou Hamid (1080-1170).
Édrici (écrivait vers 1154).
Ibn Djobaïr (voyag. de 1183 à 1217).
Heraoui (mort en 1215).
Abderi (voyageait en 1289).
Nouchérichi (voy. ent. 1286 et 1300).
Ibn Rochd.
Yaqoût (mort en 1229).
Marakéchi (écrivait en 1224).
Ibn Saïd (1214-1274).
Kazouini (mort en 1283).
Abou'l-Féda (mort en 1331).
Dimichqi (mort en 1327).
Nowaïri (mort en 1332).
Omâri (mort en 1337).
Ibn al-Ouardi (mort en 1349).
Ibn Batouta (voy. de 1325 à 1355).
Dahéri.
Bakoui.
Maqrizi (1360-1442).

www.ingramcontent.com/pod-product-compliance
Lightning Source LLC
LaVergne TN
LVHW050218180726
843501LV00013BA/2159

* 9 7 8 2 3 2 9 6 5 4 9 9 7 *